U0624193

光南曲

许梦熊————

著

长江出版传媒 | 长江文艺出版社

纪念人民音乐家——施光南先生

（1940—1990）

序一:

他为诗歌而生

　　我认识许中华是在 2006 年 9 月 9 日晚的一场以文学为名的聚会上,在市区青少年宫边上的一个咖啡厅里。众多"80 后"新锐写手与金东区文联的作家、诗人以及浙师大的文学研究生们展开了一次激情对话。对于新锐写手们而言,他们有着全新的写作理念和表达方式,有着满腔的热情,但他们在坚持文学写作的过程中,已经遭受到了来自工作、学业、生活的种种压力,有着诸多的困惑和不解。我在会上向他们提出了疑问:文学反映的是人的生活状态和思想,不关心社会和人的生存状况的文学作品是否有其生命力?作家应以审慎的、挑剔的、批判的眼光去看,去研究我们现在的文学的作用在哪里。在这次活动中,许中华正是这批"80 后"新锐写手中的一员。他是一位报社记者,是一位富有朝气、十分自信的年轻诗人,给我留下了深刻的印象。十多年以后碰见他,他蓄了点小胡子,早已放弃了记者生涯,与夫人一起成为自由撰稿人。也许诗歌在他的心灵深处一点也不安分,像一只云雀直冲霄汉。于是,他选择了自由地翱翔。这需要勇气,更需要底气。

写诗对许中华而言十分重要，仿佛他就是为诗歌而生。他写出了《与王象之书》《光南曲》——这可是一本又一本的诗集。可是我没想到中华会让我给他的《光南曲》作序，我太喜欢这位年轻的诗者，便不假思索地就答应了。然而，转念一想：我何德何能可为他作序？他那咄咄逼人的才气弥漫在他的每一张书页中，尤其是在他的诗行里。中华是一个外乡人，他立足金华，从历史的尘封中翻挖出了无数生动有趣的金华的历史人文故事，让我这个搜集地方文献几十年的人自愧不如。我曾说过两位嵊州人为金华的历史文化做出过不凡的贡献：一位是离休干部原在金华地区群众艺术馆编辑《艺术馆》的史克先生，他在这份杂志中留下了非常多金华历史风情故事。另一位是浙师大人文学院的教授龚剑锋先生。现在又冒出一位台州人许中华。当与我聊起金东孝顺汉代历史上的留氏家族时，他滔滔不绝地讲述他们的故事，而且其触角已经伸向当年留氏兵败被追杀而远离故土，并已掌握了留氏后裔在福建的踪迹。说到宗教，他谈及了为玄奘赏识的金华法幢寺住持义褒和尚以及天龙一指禅的俱胝和尚。这些事很少有人关注，他的文章打开了金华人的视野和尘封的历史。

作为一个外乡人的他，站在金东的土地上，用他灵动的诗笔参与编写了一本又一本书：《定光二十四圣迹——八婺定光佛文化现象与文化遗产》《浙江文史记忆·金东卷》《金东区抗战时期人口伤亡和财产损失资料汇编》，他的名字淹没在众多的人名中，甚至有些让人扶摇直上的作品也出自他的手笔，如孔雀羽毛般绚烂的诗章，很多时候成为他人荣耀的饰品。然而，终于我看到《光南曲》又一次以他独立的名字印在该书的封面上，这是别人拿不走的，我为他高兴。

在写作《光南曲》时，他总有一种与光南先生心灵相通之感，他说："创作《光南曲》不仅因为我在少年时期对施光南的音乐耳熟能详，而且因为我在诗歌上的志向接近于施光南先生在音乐上的抱负。他矢志不渝地追求中国的歌剧，我也同样苦心孤诣地等待中国的史诗。中国当然可以有《伊戈尔王》《茶花女》《蝴蝶夫人》这样的歌剧，同样，在史诗上，也可以有如《浮士德》《荒原》《奥美罗斯》这样的巨作。"他又说，施光南"在音乐上走过的路，正是我在诗歌上继续前行的路。……真挚的感情，准确鲜明的音乐形象，优美的旋律，这些对诗歌而言同样重要，我似乎受到这样的召唤，以至于要去开拓新诗的广阔领域，《光南曲》就是这样充满诚意的尝试。"

许中华的诗，发自真挚的内心，在赞颂施光南的同时，也在强烈地表达他自己内心的追求："每个人的渴望都会伴随一生，就像一个承诺，即使它从我口中溜走，你也不会忘记春天的雨水敲击我们的屋顶，把心贴着祖国，幸福的种子在泥土中前进，春风不吹花不开，我们年轻的瞳仁闪着火光：像大海一样生活，像梦一样天长地久。世界属于一个奇迹，就是我们在这里盟誓，孩子是一种变得可见的爱。我的光明微不足道，只有等到你，我才明白我迎来了我的世纪。"

在这本诗集中，我们能感受到无尽的追求和希望，还有勇立潮头的信心与力量。祝福你，年轻的诗人。光南的每一首歌都是一棵树，他的歌已经成为森林，愿你每一首诗都是一棵树，之后，也会有一座森林耸立在世人面前。

张根芳（原金东区文联主席）

2024 年 3 月 26 日

序二：

时间的摆渡者

贝多芬说过，"音乐是比一切智慧、一切哲学更高的启示"，在晚年，在他失聪以后的弹奏中，音乐已经是完全的启示。当我着手创作《光南曲》，我受到音乐的启示胜过其他艺术的启示。二十世纪九十年代，《祝酒歌》《在希望的田野上》《吐鲁番的葡萄熟了》这些经典歌曲，在乡村广播中回荡，直到我进入城镇读高中，我才接触到流行音乐。因此，我和城市里的同龄人几乎相隔一代，在他们父辈熟悉的旋律中，我能够感同身受。

施光南的父亲施复亮，是中国共产党早期领导人之一。

1940 年 5 月始，日机实施"101 号作战"，对重庆出动的飞机高达两千多架次，重庆满目疮痍，烽火连天。就在这样令人不安的时刻，8 月 19 日，在刺耳的警报声中，施光南于重庆南山临时医院降生，因羊水糊住口鼻，后经父亲施复亮及时发现，寻回医生抢救，方才逃过一劫。此后，随着抗战局势的恶化，施光南随父母回到源东乡叶村，在叶村小学就读。因听不懂方言，1949 年 2 月初，施光南前往金华县师（府城隍庙内）东侧的小学就读，他的姐夫曹荣生在该校任教，施光南与其同吃同住。1950 年，施光南已经随同父母回到北京上学。在北京 101 中学读书时，施光南化名阿查力亚等俄罗斯作曲家，在油印歌刊《圆明园歌声》中发表作品，其中《懒惰的杜尼亚》传唱一时。

可想而知，施光南对音乐的热衷已经不可遏制，高中还未毕业，他已经准备报考中央音乐学院，施复亮花费数月工资为其购置一架美国产的旧钢琴，施光南勤学苦练，虽没有被录取，却获得主考老师江定仙教授（时为中央音乐学院副院长、作曲系主任）认可，亲自给他写了一封信，让施光南到中央音乐学院附中插班补习两年。1959 年秋，施光南考上天津音乐学院作曲系，他为维也纳第七届世界青年欢歌节创作的《青年友谊圆舞曲》，更是脍炙人口。此后，施光南在北京看到萧三编选的《革命烈士诗抄》，勾起儿时听讲革命故事的回忆。于是，他选取邓中夏、澎湃、叶挺等人的诗谱成声乐套曲，革命的气息化作高昂的旋律。

1972 年，施光南与洪如丁缔结连理。婚后，他们搬进天津歌舞剧院职工宿舍，在洪如丁生日那天，施光南为她创作了《打起手鼓唱起歌》当作生日礼物。"文革"期间，施光南被借调到天津京剧团、山东京剧团，为《芦花淀》《凌河春》《第二个春天》《红云岗》等京剧设计唱段音乐，深受好评。1976 年 10 月 6 日，韩伟把《祝酒歌》的歌词寄给施光南，施光南全身心投入进行谱曲，这是一首极为经典的歌曲，在 1979 年央视春节晚会上，经男高音歌唱家李光曦演唱，成为广大群众最喜欢的歌。1978 年，施光南拿到瞿琮作词的《吐鲁番的葡萄熟了》，精心作曲，经女中音歌唱家关牧村演唱，风传大江南北。1980 年，施光南根据傣族民歌创作的《月光下的凤尾竹》 在文化部和中国音乐家协会举办的优秀歌曲评选中获奖，此时，他已经创作近千首歌曲。1982 年，在央视第二届春节晚会上，他的歌曲名作《在希望的田野上》 更是赢得海内外广大观众的喜爱。

对于音乐，施光南曾对何民胜（《施光南传》 作者）提到过他的一句座右铭，"走自己的路，让作品说话"。他的一生几乎都扑在音乐上，直到生命也化作音符。1990 年，施光南在教女儿蕾蕾歌剧《屈原》 婵娟片段时突发脑出血，倒在了自己心爱的钢琴上。他离开了这个世界，世界却没有离开他。2003 年，他的故乡金东区建成施光南音乐广场。2014 年，中国探月飞行器搭载"中国音乐芯片" 飞向太空，《在希望的田野上》 即收录其中，直达宇宙深处。2018 年，谱写改革开放赞歌的音乐家施光南获得"改革先锋"称号。2019 年，歌剧《在希望的田野上》 在金东区第二届施光南音乐节上演。

当然，作为一个青年诗人，在金东这片诗与歌并举的土地上，创作《光南曲》，不仅因为我在少年时期对施光南的音乐耳熟能详，而且我在诗歌上的志向接近于光南先生在音乐上的抱负。他矢志不渝地追求中国的歌剧，我也同样苦心孤诣地等待中国的史诗。中国当然可以有《伊戈尔王》《茶花女》《蝴蝶夫人》 这样的歌剧，同样，在史诗上，也可以有如《浮士德》《荒原》《奥美罗斯》 这样的巨作。

有时候，我们会相信一种神秘的关联，在日机轰炸重庆的一天，施光南经他父亲把覆没口鼻的胞衣扯开，他才发出第一声哭啼。"声音"，从他降生的那一刻，便充满一种迫切，在剧烈的轰炸与亲切的呢喃中，命运早已来临，他最终走上音乐之路，热情与温柔交织在他所有的歌曲中，那是童年的阵阵回声。从 1949 年以后的历次运动到改革开放的诸多潮流，他的音乐始终走在融合的道路上，民族的声音和西方的声音相交会，他在音乐上走过的路，正是我在诗歌上继续前行的路。在《我怎样写歌》 中，他提出音乐创作的三点：真挚的感情，准确鲜明的音乐形象，优美的旋律。这些对诗歌而言同样重要。我似乎受到这样的召唤，以至于要去开拓新诗的广阔领域，《光南曲》 就是这样充满诚意的尝试。匈牙利作家阿瑟·库斯勒说过，"天才的主要标记不是完美而是创造，天才能开创新的局面"。

此外，他始终坚持歌词不是诗，他曾说道，"我不赞同把歌词和诗称作'孪生兄弟' 的模糊概念，这种说法否定了二者的差异，不利于歌词求索自身的规律。二者如果以亲缘关系来比喻，也只能是'一母同胞'，或公木同志说的'同源双流'"。诗与歌也算得上是"同源双流"，因此，我们可以把音乐家和诗人当作"时间的摆渡者"，我们所要做的是如何把更好的未来摆渡到我们栖居的世界，"既有利于回忆，又有利于忘却"，一如德国哲学家黑格尔所说，"太阳在闪烁的一刹那，一气呵成描绘出了新世界的形状"。

许梦熊

2023 年 4 月 20 日

目　录

叶村的梦

十九世纪最后一年的冬天，甲骨文

已经惊现人间，我们后来熟悉的伟大作家

老舍、川端康成、博尔赫斯同样

在这一年降生，要是我们遵循梦的解析

看看这个叶村的婴儿，在四世同堂的施家里面

古老的期盼在初次的啼哭中已经种下；

这个辈分最小的孩子将要忍受

所有的规矩，他要还以颜色的小小村庄

也将迎来惊奇的命运，科举之路

化为革命之路，渴望存续的传统得到更新，

光复山河的是这些明亮的眼睛所深信

的一个梦，要为未来努力活着，

让过去永远在过去的河流中缓缓地下沉。

新　潮

圣人的教诲变得陌生，回头看

二十二年来的我，我不愿意老死膴下

我的父亲成了我的枷锁制造者，

他不能从我身上获取财富

也无法得到我的信赖；

我渴望成为一个将军，收复失地，

战胜贪婪的敌人，每天盯着

分割的地图，国家在我手中再次变得完整；

我的野心在患难中和我的热血一样

从未消失，当我成为教育家

我的学生就是我的新兵，

他们将攻破一切阻碍新生活的壁垒

创造一个时代，也无愧于时代。

与夏丏尊书

当我成为《新青年》的半个信徒

我的家族仍然冥顽不灵，

要是没有先生施以援手，我如何能够

长途跋涉赶回家中看望母亲；

她的眼睛已经蒙上阴影

我的父亲舍不得为自己的妻子破费

仿佛这是一件无足轻重的小事

一切都可以怠慢，除了

吞噬我们的生意必须维持下去

直到母亲去世，我抱着我的怒火前行

这个万恶的旧社会必须被打碎

光明必须从我们身上涌现。

工读互助团

每个人都曾想象一朵未来的玫瑰
在空想、互助以及武者小路实笃的主张下
嗅着形同真实的芬芳，"工是劳力，
读是劳心，互助是进化"，我们的一生
从来不能摆脱工作，也无从放弃
自己喜爱的事情，一个人不会永远站在
被征服的地位，而是超越这界限；
"永续和穷困及黑暗奋斗，万万不可
中途挫折"，我们缔结的是爱
而不是孝顺，它能够让一切坎坷变得平坦，
我们的脚印同样意味着希望的道路。

随感录

我要承认我的失败不可避免——
"独善其身、独善其家、独善其国都是
不可能的事情，只有靠劳动者的
团结与奋斗才可以解决"，我们的时间
就是试验新生活的时间，我们的
勇气就是抵达未来的意志；
凡是束缚我们寻求真理的一切都要反对
真理的根将要扎进每个人的血脉
给予更高的激情和力量——
第一个看到黎明的人，他传回消息
太阳在我们头顶从来没有动摇。

日 出

在上海老渔阳里的寓所，革命的火种

悄悄播下，共产党的名字凝结着

一个时代的呼声，我已经登上轮船，告别朋友

从南极到北极，我们把手伸进风中紧握；

六月的天空正在拉开序幕，海鸥

在甲板落脚，广阔的海洋使我如此渺小，漫长的五天

只有一轮红日陪伴，我期待它驱散九州的阴霾

我要一个人能够自由地站在出生的土地上

像一棵松树那样挺立，他应该冲破

蔚蓝的波浪，缓缓升向天际

把我们的欢乐洒给沉甸甸的云朵去浇灌故乡。

追 忆

谁还会记得你，母亲，你的一生

比羽毛还轻，我不知道死亡

把你带到何处，是否在那里你也同样辛劳？

你看不见，听不见，希望四个孩子

长大以后不再重复这样的生活

每个人都能够得到善待

至少穿得起一件洋布大衫，盖得起一床棉被；

我们没有重逢的一天，即使在你停止

呼吸的一刻，我也没有感应到

这是你最后的光亮——

母亲，你没有看到的世界请从我眼中

看一看吧，它值得你复活一次

来做一个大笑着的孩子！

自画像

我试图对自己诚实，欺侮我的不是
早已消失的他人带来的伤痛
而是我不满意这个仍然一事无成的自己。
回想"浙一师" 风潮中的自己
那是一个感情用事的人，回想失去母亲的自己
那是一个破坏、反抗的人，这些不同时期的我
被揉进一个有时亢奋、有时伤心的自己；
我要把它们缝在一起，重新锻造
每个自己都是我灵魂中若隐若现的一个侧面
我要保持平衡，当我朝未来走去
我仍然能够带着更好的自己迎接一切。

先驱者

从舷窗眺望陆地，危险的气息更浓烈
每个身在异乡的人都渴望回到
祖国的怀抱，用自己的热血催动它焕然一新；
当我登上亚利桑那丸，带着信奉的主义
如同一面旗帜，上海近在眼前
展开这面旗帜的时机迫使我朝着革命全力以赴。
勇敢的先驱者永远在行动，二十七个人
等于一个伟大的星群，将闪烁在
我们不断目击的天空，梦想迅速扩张
在另一个辉煌的十月改变我们的事业；
我们和青年一起，和解放一切的潮流一起向前
即使我们倒在这片悲伤的土地上
鲜血和骨头也要从中绽放自由的花朵。

字里行间

在一个恐怖的时代，我们需要爱情
即便它藏在波澜不惊的字里行间
安慰，改善，扶助，创造，调和，信任
这些词语几乎带着异样的体温
让他辗转难眠，爱是一道想象的光芒
能够从平凡的字眼中穿透你的心
丝毫不用怀疑，谁也不是靠着词语相识
一个眼神就是一张春天的字条；
让我们翻过忧愁的一页，翻过
敬重的一页，两颗心要靠拢
如同唇齿，他知道近在咫尺的这女人
就是自己一生之期待，因为痛苦随着
她的来临消失，他想要给出的承诺已经满溢
直到两个人的名字和灯丝一样扭在一起。

一颗图章

现在他们拥有一颗两个名字相连的图章

复光复亮，在这个崭新的一天

携手并肩，一棵树和另一棵树站在一起

为了抵御风暴，感受阳光，伸展枝叶

让鸟雀栖息，美丽的果实饱满；

他们摆脱家族赋予的名字

为爱情与革命而生，演讲开会，日无暇晷

失败如同阵雨，谣言比风还要快

伤口现在从他的心上打开——

一个诚实的声明带来永远的遗憾

只要有过退却，我们就会忘记世界在滴血。

暴风骤雨

每个人都是被刮向这个世界的一片叶子

它来自同一棵古老的大树，现在

是大树倒下的时候，我们要在暴风骤雨中寻找出路

用自己的身躯掩盖种子，等待成片的树林

延伸到我们开拓的每一片土地；

他只能借自己的笔尖说话

依靠语丝编织一个进化中的世界的模样

"经济造就大半人生，对经济的爱是所有美德的根源"。

这是他终生尽力的事业，从锱铢之中看见

历史前进的方向，弥漫的恐怖

只是阵阵迷雾，他在纸上将这一切驱散；

时间，时间给予他更大的权力

让他接近一个未来的中国，勾勒持续辉煌的版图。

还 乡

当我讲授《资本论》，我的祖国

已经危如累卵，我从未害怕随之而来的代价

从西单舍饭寺花园饭店到另外的地方

追踪我的影子从我身后蒸发；

我的夫人和我挑着十二担的书籍回到叶村

一边翻译大内兵卫《财政学大纲》

一边建造房屋，和村民一起挑土拣石；

半耕半读的匾额至今犹在

于右任先生为此饱蘸自己的一种渴望

让人无以为报，我们在日本的街巷卖掉心爱的书

回顾自己的家乡在兵火和哭泣中日趋平静

等待太漫长，胜利也就更加伟大。

感想与希望

在这个动荡的时代谛听人民的心声

让我深入这些沉默者的内部

像铁矿在岩石中凝结，南辕北辙的战争

带来火的洗礼，我的良心受着责备

那些共患难的朋友已经牺牲

而我仍然拥有一个书斋和窗外不停的鸟鸣；

侵略的铁蹄粉碎和平妥协论者的幻想

从上海到昆明，我奔波不息

我的儿女在遥远的叶村等待停止漂泊的讯号；

以后我们要庆祝这个恢复欢乐的日子

在每座城市迎来胜利的队伍

希望的旗帜随着每双小手递给每个时代的人。

世间的光

一个八岁的女孩失去她的父亲

几乎等于失去一切，贫穷跟着恐惧进门

我知道我的出头之日比针尖还小

母亲却把希望的线穿过去

当我成为学生自治会会长的时候，我仍然

难以置信，走向上海的这个女生

便是我，和四面八方涌来的青年投身革命的也是我；

我后来的丈夫现在还是一名严谨的教师

我们的名字还没有拼成一颗图章

世上有那么多事情要做——

我想要跟未来的自己先借三千个日夜

用来照亮此时此刻，我要努力

成为一个革命者，我要燃烧，成为世间的光。

北平之行

谁能够告诉我，这些伟大人物为何
如此平易近人，他们的思想并不随风而逝。
我和我的伙伴们在十一月的码头
迎接他，北平的天空充满一种变幻的魔力
他离自己的最后日子只剩下一个春天；
谁能够想到，霹雳和嫩芽一起
钻进我们的世界，一边是如火如荼的岁月
一边是被时间捕获的一张张笑脸
革命尚未成功，这是他的遗憾，是的
这是我们为他弥补的一个遗憾
湛蓝属于北平的天空，天空将属于人民。

革命生活

在小沙渡路的纱厂，我遇见那些女工

他们忍受最悲惨的一种生活

在还没有成年的世界，所有的劳动换作资本

维持一天的生计，革命就在里面发酵

二月风暴不断扩大，上海在沸腾

我从未害怕，我是工人和学生中间的一分子

我支援这场正义的斗争，相互创造自己；

革命的形势发展快，变化大

我们永远不会畏惧军阀短暂的威胁

因为战歌和我们的热血一样

遍布四方，朝着我们渴望的征途携手并进

珍藏在我记忆中的是一个明亮的灯盏。

夜间的战斗

一切都乱了，在猛烈的炮火中
我们听到隐约的绝望以及无处不在的悲愤
我们用芦苇掩盖死者，给受伤的战友
包扎，换药，喂食，没有人想过
这就是新时代需要付出的一个高昂的代价；
遍野荒凉，山路陡峭，荆棘丛生
我们在黑暗中前进，等到嘉鱼的矿工运来枪炮
一切都已经过去，所有的痛苦变得滑稽
咬紧牙关的女人必须忍受命令——
我们超越了自己的性别，甚至超越绝望
胜利的汗水终将变成工整的字迹
表扬我们，每个微笑都是重要时刻的烙印。

女兵日记

从出征到返校，三十四个日夜
如同一串手链环绕着我一生之中的幸运
这是我们进入军校接受训练的
一个奇迹，步兵操典，射击，野外拉练
硝烟已经熏染这些灰色的衣裳
甚至把我们的皮肤磨损；
"人活在世界上，并不是只为了爱
而是与比爱更重要的事业
为社会，为人类谋求幸福"，我相信
寒冷和饥饿只是考验，一个崭新的我
同样能够从中找到前进的方向
就像落在岩缝里的种子
绽放第一朵花，为迟来的春天喝彩。

雾中风景

焦土和瓦砾之间仍是我们的家园

我的第三个孩子跃跃欲试

他要降生在敌机的轰鸣中，在雾都呱呱落地。

我从未有过这样害怕，每一个生命

来到世上的第一天夹杂着恐惧

却又无法阻挡，孩子已经是希望的别名；

任何一场灾难都会让这座山峰变矮

我也祈祷我的孩子不再经历

我们的痛苦，为了争取一个好的世界

必须义无反顾，不要回头——

不要为身后沦陷的城市停下我们的脚步

我们希望的一切都会得偿所愿。

不安的初啼

在一九四〇年八月，黑烟覆盖整座山城

飞翔的火炬钻进重庆的街道和窗户

人们在废墟上挑拣，在不安的餐桌上面面相觑；

警报声催促人们迈开脚步逃亡

在临时医院的帐篷下，惊慌失措的父亲

拍打毫无声息的孩子，他来到世上的第一天

必须经受恐惧，从子宫滑向纷乱的人间。

在张口啼哭的刹那攫住自由的音符

让它深入四肢百骸，一个新生命宣告无边的苦难

总有尽头，他的指尖将流出安慰与赞美；

"音乐常使死亡迟延"①，它引导

人们走向光明的未来，不论绝望在何时

将一切占有，思维着的声音

给予更多补偿，让灵魂跟灵魂靠近同一个花园。

---

① 出自古希腊寓言家伊索。

春　天

饥饿敲着他的小肚皮，黄莺在树上叫
桃花向他低头，让他踮起脚
让春天在他的胳膊上伸展，灵感跑进他的歌喉；
这是他的处女作，母亲记得他的哼唱
记得机灵的孩子数花瓣一样
数出词语，让它们列队行进，在简单的旋律中
为童年留下一个见证，如同微妙的音阶；
以后的道路起伏不定，要与生活同呼吸
要自然，神秘的声响已经启示他。

诫子书

从重庆到上海，白色恐怖如影随形
油灯下，年轻的母亲拿出一封信
讲述邓中夏的故事，"我快要到雨花台去了"
"最后的胜利终究是属于我们的"；
在幽暗中他们发出自己的光芒
却没有任何乞求，为了一个真正的信念
贡献一生，也许人们并不记得他
他死的时候只有三十九岁
更好的生活更晚到来，直至我们不再忘却。

驰向叶村

沿着故乡的小路走，放牛的孩子

吹奏短笛，追逐蜻蜓的孩子，高举捕虫网兜

卷起裤管在溪涧中的孩子，翻开石头

围堵石蟹和鱼虾，他的父亲干过

所有这样的事情，在叶村度过童年，那时

山歌在插秧和采茶的人们口中传唱；

摘棉花的女人和割稻的男人

同样勤劳，同样淳朴，他永远不会忘记

这座养育他父亲的村庄，现在

呵护他长大，生活是多么美丽，只有

热爱生活的人们才能理解生活的情趣。

上学记

他还没有熟悉乡音，跟炊烟一样古老
柳絮一样新鲜，他也没有把握
做一个原汁原味的当地人，从叶村到城隍庙
他的姐夫把他带在身边，接受新思想；
以后他着迷随风而逝的歌谣
毫无保留地侧耳倾听，记录那些曲折的嗓音
如同练习每个汉字，掌握精神的结构。
他既不端坐，也不顽劣，永远
心驰神往另外的世界，那里众树歌唱；
星辰跳跃如鱼群，他把一只手拢在自己的耳边
除了朗读声，他也曾听见光阴缓缓流过。

在天安门城楼上

在天安门城楼上，我和我的父亲站在一起
"请你告诉他们，说他们所等待的
已经要来""通知眼睛被渴望所灼痛的人类"①
一个时代投给所有人从未有过的世界图景；
我握住那只巨大的手，命运从中展开
仿佛无限与有限都在这只手上
风从这里来，雨从这里来，一切的创造者
让我热血澎湃，我将要竭尽所能去爱
爱这个古老的花园，年轻的园丁
爱自己是园中的橄榄树，为胜利欢呼的一只白鸽。

①　出自诗人艾青的《黎明的通知》。

懒惰的杜尼亚

在这本《圆明园歌声》里面，人们寻找他
他化作阿查力亚、伊凡诺夫、里尔塔维奇
勤奋的人偏偏冠以懒惰的名字
藏身无人知晓的俄罗斯作曲家背后，人们惊叹
温柔的歌声情有独钟，在忘乎所以的幸福
将他融化时，他的心像没有准头的箭
落在任何地方，变回一根树枝；
"好像和歌一道飞了起来"，他是哈萨克族人
或是异国他乡的无名歌手
这些美好的皮囊让他依依不舍
没有人比他更羞涩，交织着更热烈的火焰。

遇见伯乐

他比任何时候都知道自己想要什么

他与时间赛跑，一本《拜耳钢琴初级教程》

让十七岁的雨季变得更加炎热；

他的汗水在琴键上，这架美国产的旧钢琴

让他的父亲几个月囊空如洗，他值得

如此看重，在什刹海边的恭王府

口试时，他不紧不慢；演奏时，他依旧灵敏。

人们窃窃私语，因为出人意料的指法

纯靠他的天性与勤奋，于是

莫扎特的《G 大调小奏鸣曲》 在他手底出了错

但他自编的曲目高山流水，驾轻就熟；

主考官看到一颗星星冉冉上升

他收到伯乐的一封信，钻石都需要打磨

直到它的每一面都折射内心的光芒

他喜出望外，"我的兴趣和理想

都是音乐"，人们以为受罪，他却心甘情愿

因为事业是一切，虚名只是风声。

飞翔的歌者

当他们在秋天的琴房试唱练耳

他的同学高燕生、赵砚臣许多年以后仍然赞叹

他对民歌倒背如流，戏曲唱腔句句不漏。

在对面的镜中，他想要把自己

画成肖斯塔科维奇，人们以为他天性腼腆

却不知道他同样热情如火，没有人

架得住他在冬天奔波来去

梁茂春没办法，听任他，"我们背着风走"；

在天津大大小小的戏园捕捉光之声

历史赋予人们的嗓音多美妙

他要向大雁借双金翅膀，向云雀借条金喉咙

他要飞翔，要歌唱，在空中扶摇直上。

金色的秋光

金色的秋光，为什么这样短暂
从灶旁到天井，父亲栽种的铁树尚未长高
我记得堂兄从田的一头锄到另一头
夕阳挂在树梢，堂妹的羊角辫
被我画进笔记簿，叶村的秋天在梦中鸣响；
我画过一棵棵柳树，风中的飘带难忘怀，
要是不离开村庄，我也可以做一个
朴实的庄稼汉，跟堂兄种豆
和堂妹采茶，金色的秋光笼罩四野的时候
我要放开喉咙歌唱，"当我梦见秋海棠叶
怎能忘记根在那里""我要飞回
你的怀抱，亲吻你那每一寸土地"。

青年友谊圆舞曲

不论来自哪个民族的声音，他都热爱
谁能想到这首新颖别致的圆舞曲
从西皮原板变化而来，通过小小的变奏
抵达聆听者的心，不是贝多芬，不是莫扎特
而是程砚秋开启了那扇旋律的窍门
"只有民族的，才是世界的"①；
一个广采博取的世界，在他的笔下回旋
人们踏着歌声，贴近生活与时代
每个人渴望通情达理，在过去与未来之间
手牵着手，任何一方都有爱的根源。

---

① 出自鲁迅的《且介亭杂文集》。

革命烈士诗抄

母亲在信中提醒我，"你虽然是我的儿子
但我希望你也是中国人民的儿子
世界人民的儿子"，一个坚定的革命者
在自己消失前从不遗忘，我听过
那些壮烈的故事，勇敢的灵魂无所畏惧
直到粉身碎骨，变成诗和旋律；
当我为六个烈士谱曲
弹奏他们的热情、希望以及永远的遗憾
只要我记住，时光能够带走往事
仍留下只言片语，毫不动摇
曾经是种子，现在是荫庇我们的森林。

在昌黎的日日夜夜

在昌黎，他不关心这里是韩愈的祖籍
也不关心曹操抵达城北三公里
"东临碣石，以观沧海"，葡萄、蜜梨和猪
冠以昌黎的名义，成为漂亮朋友的礼物
更没有打动他，他只爱源源不断
的歌声，从曹玉俭老人的口中像泉水一样涌现；
每一遍都不重样，那是诗经里的风，吹着
思想的芦苇歌唱，天空在他身上呼吸
大地还没有忘记这是自然的孩子——
"你们相信手，可我却相信心"，他这样说
所有的天籁都被他吸收，通过他的手
世界将听见中国每个心动的部分。

往事与随想

他们像信鸽一样把钢琴和床
当作树枝衔进宿舍，在夏天的音浪里
泅渡而来的一首歌是多么美妙——
打起手鼓唱起歌，丰收的庄稼闪金波
他敲着琴键，马铃声声响；
那年，他趴在输油管道上听到工人们
也在唱他的歌，旋律是他的依靠
这些嫩芽般的音符落在泥土里面
如同等待天使降临的电报。
音乐的灵魂是善良
他即将成为一个父亲，重新树立榜样
跟汨罗江一样澎湃的男人给予他
多少灵感，让他缓过神来
必须艰苦朴素，像那棵叶村的铁树
永远向着光明的地方伸展枝叶；
要相信，要相信，爱始终是爱
人不仅为自己而生，也为祖国活着。

爱　情

在宿舍里，在剧场中，他总是迟到

因为一首突如其来的曲子

奋笔疾书，他一刻也不能等，流淌的谱线

捉住音乐的天使，让她们放开歌喉

尽管他要不停道歉，为天使

向天使告罪，等到洪如丁成为他的天使

在海河边，在钢琴前，"谁按规定

去爱，谁就得不到爱"①，现在

他们冰释前嫌，双倍的天真是青春的权利

他唱着儿歌敲门，敲活泼的心房也是

没有什么绳索比爱情拧成的更牢。

---

① 出自法国作家蒙田。

静夜思

我们遥望这月亮，她照耀着
不分国籍和时代的所有的音乐家
为此他的指尖飞动，流露
一种超越的思想，潜藏在琴键中
呼应他的是感叹的旋律——
春风里的连环句像柳枝一样摆动
纯洁，真挚，悠长，辽阔
一切事物都能够在歌中展开双翼
我们的心跳就是音符
而爱是将它连成一首诗的声线。

第二个春天

到需要我的地方去，在火车上
我随身没有别的行李，所有的唱腔不需要
任何资料，通过我的笔尖召之即来。
在天津京剧团，在山东京剧团
我夜以继日地写，向无边的寂静讨要信心；
这里是合唱，这里是重唱，我不断
融合中国与西方的声音，不论板眼
气口、快慢尺寸，一切都合情合理；
没有人比我更擅于捕捉，在凌河
在红云岗，我呼唤第二个春天破土而出
布谷鸟飞上枝头，唤醒大地，更换银装为绿装。

祝酒歌

冰雪消融的一天在十月来临，人们庆祝它

纷纷走上街头，敲锣打鼓，燃放鞭炮

光辉灿烂的日出遍照全国各地；

韩伟寄来祝酒歌，八亿同胞都将为之举杯

男高音歌唱家李光羲让它走进

千家万户，十六万封来信把它当作自己的心声

来吧朋友，来吧朋友，重摆美酒再相会。

我听见光芒在另一边跳动，胜利的喜悦

从进军号式的乐句中跳跃，追逐

在音乐殿堂里，我已经完善自己的手艺；

没有人不爱这生命与希望之歌

它由多少先烈酿造，无辜的人们增添它的苦涩。

现在还有什么忧愁再来打扰我的心啊

我要跟随欢乐的人海载歌载舞

忘记自己是音乐家的身份，而是投身

一个普通人应有的忘我的庆祝；

没有人不爱这一天的光彩，阴霾从天空四散

在我们心头化为乌有，来吧朋友，来吧朋友

这是历史之神唯一有过的一个善念

让我们重回幸福的巅峰

今天我要比任何一个快乐的家伙更快醉倒；

让时间比任何一天都走得更慢

让我们沉浸得更久一些

我要擦一擦我越来越模糊的眼睛

在三千六百个夜晚以后，我们跻身同一个黎明。

吐鲁番的葡萄熟了

克里木离开家乡栽下一棵葡萄

阿娜尔罕悉心培养，等到甜蜜的葡萄熟了

克里木立功的喜报从雪山哨卡传来

多么令人陶醉，阿娜尔罕的心头是鸿雁的家乡。

在前奏与间奏中，阿娜尔罕的故事

如同日历，随着旋律翻开

纯真的美，委婉的美，在级进与跳进中

心驰神往，"爱情是理解和体贴的别名"①；

从少数民族的音调、节奏里面

他概括、提炼，直到虔诚的感情深入人心

每个人都深爱过，并且无怨无悔。

---

① 出自印度诗人泰戈尔。

月光下的凤尾竹

低音是月亮升起，中音是月过中天
当一对恋人走向凤尾竹的深处
"在这里不要完全收束"，我指点演员
"用歌声把人带入无限的想象中去"；
从宁静的月夜抵达傣族姑娘
悄然打开的心房，"美丽像绿色的雾"
金孔雀跟着金马鹿，轻柔的影子
互相缠绕，"我的心已经属于你"；
竹楼里的好姑娘，让我摘走
这颗夜明珠，让我拿它当我的心跳
爱情如此热烈，一切伤痛
都将愈合，月光让两颗心紧紧相连。

在希望的田野上

大地在腾飞，农村在觉醒

秀丽的南方人和浑厚的北方人肩并肩

在这田野上生活，我们世世代代

奋斗，为她幸福，为她增光；

艰难的时刻早已过去

青山绿水之间再也没有硝烟

没有边界的春意装点任何一座村庄

修饰生活的是我们乐意的世俗之乐。

我们世世代代奋斗，从未想过

今天的成就如此令人瞩目

希望已经越过天空，走向宇宙深处；

总有一天，在浩瀚的星群中间

也会开辟我们的家园

展示我们这颗蔚蓝星球的命运

并非孤例，时间孕育一切。

希望是支撑世界的支架，希望

促使不同语言的人们互相理解

在明媚的阳光下生活——

牛羊在牧人的笛声中长大，即使

在没有同伴的宇宙踽踽独行

你不必烦恼，不必忧伤

过去并不消失，未来指日可待。

多情的土地

在机场告别时，我递给妻子一盒磁带
"当你想家时听一听它"，要是
我们因为清贫的日子出走
富庶也不会带来故乡；在留学生的聚会上
你将这首歌轻轻地播放，远离
乡音未改的村庄，鬓发斑白的母亲
仍然日夜辛劳，"我深深地爱着你
这片多情的土地"，我的泪水要落在你的衣襟。

苗寨的夜晚

没有星星的夜晚，人们燃起篝火
慰问团走进黔东南苗寨那天
他举起角杯，痛快饮酒，他被拉下舞场
大三弦催促人们围成一圈，天空
只剩下一双双眼睛，他第一次
头晕目眩，跳房子一样单脚跳过整整一个夜晚；
越笨拙，越真诚，越像一个神的孩子
他把友谊和欢乐带到边疆各地
带回去多少感激，在琴键上敲出火的记忆。

座右铭

金钱成了第六感官，仿佛其他感觉

都要由它开启、闭合，艺术家的情操与追求

让他只剩下乐感与骨气，我们不仅

接受时间的考验，而且期待未来的知音赏识；

挚友是你的另一颗心，在清贫中度日

欲望也变得纯粹，像一个降号

热闹的舞池中，人们终于找回轻松的快乐；

唯独他坐在一旁，陷入宁静海

那些音符如同豆芽，朝着他的目光生长

"走自己的路""让我的歌替我说话"。

旋律大师

面对一位音乐大师，我们试图把握

他的精神，他在《我怎样写歌》 中如实奉上：

"真挚的感情""准确的形象"

以及"优美的旋律"，柏拉图曾这样说

"心中充满音乐的人才会对最美好的东西充满爱"；

为此他付出所有的时间，从每一首歌中

捕捉转瞬即逝的灵感，捕捉爱

把它传给歌唱家，继而传给所有的听众；

不论经历的苦难是否因为我们健忘

又收割下一代人，至少旋律

盘桓在更高的存在面前，他为我们做过见证

"把人教育成美和善的""把灵魂引向奥秘"①。

---

① 出自希腊哲学家柏拉图。

灵通观五号楼

每天起床他要先向母亲问候

帮母亲准备早餐，一杯牛奶，一个鸡蛋

他从未想过搬出灵通观五号楼

与母亲分别，当他伏在钢琴上创作

母亲就坐在门前默默倾听

世界上一切光荣和骄傲都来自母亲。

谁能比他更热忱，他的同学王立平

说他像一头牛在钢琴上下不来

因为音乐的土地如此广袤

他日日夜夜翻耕，没有旱季，没有荒年；

当他带着母亲去参观画展，去医院诊治

搀扶母亲走下人民大会堂台阶

母亲的心血没有白费，他永远记得

祖国在自己身上的哪个位置

那里与母亲相连，幸福之路从那里起步。

写字台玻璃

他的父亲留给他一张异形写字台
他的妻子把它当作熨衣板
没想到熨斗轻轻一磕，玻璃断作两截；
没有比这更让他心痛的事
杨广平按拓片的办法记好玻璃的尺寸
跟他一样高，从北京东四玻璃店
背着玻璃坐火车，两个人的脚背
变成卡槽，"一前一后护送到天津"；
在那个夏天的晚上，他一边弹琴
舞蹈家刘国柱一边跳着《鸿雁高飞》
为了友谊万岁，最后音符在雨中滑落
在告别的站台，每个人都想回到故乡。

鱼的吃法

在他的遗物中，人们看到两张稿费单
写给赖宁的两首歌曲值二十元钱——
他的朋友晓光记得，这个爱吃鱼的作曲家
如何降低标准，起初黄鱼最好吃
继而是带鱼、橡皮鱼，等到鲫鱼现身时
晓光不由笑出泪来，两张稿费单足够他
买十几条鲫鱼，"又便宜又好吃"；
他不是一个素食者，他的胃口并不依赖
精致的肴馔，美是纯朴的花朵
有时他也抱歉，他没有为爱人带来财运
只贡献旋律之美，摆脱世俗的引力。

遗失的米袋

楼上的歌声在雨中飞驰，蕾蕾

还没有等到他，直到雨停，直到回家

他从谱纸堆中抬起头来，问道

"下过雨了吗"，他追逐失去的时间不分早晚；

去粮店的路上，同样心不在焉，米袋

从自行车的后座跌落，他没发觉

等到洪如丁跟他一块去找——

电线杆上贴着启示，他是一个老实人

没有半句假话，在去世前一天

他还记得佟铁鑫送来的东北大米没有给过钱

"下次见面的时候，我把钱给你"

这是他的遗言之一，他从未把它遗忘。

雨中岚山

他有过三次痛彻心扉的哭泣

在京都的岚山，梅花丛中矗立着纪念诗碑

"人间的万象真理，愈求愈模糊；

模糊中偶然见着一点光明，真愈觉娇妍"①

他手攀晓光的肩头，任凭泪如泉涌。

每年的一月八日或者清明节

那首歌在他心头回响，"我们找遍了

整个世界""你在革命需要的每一个地方

辽阔大地到处是你深深的足迹"②。

---

① 1919年4月5日，东渡日本求学的周恩来写下三首诗，分别是《雨中岚山·日本京都》《雨后岚山》和《游日本京都圆山公园》，4月9日，他又写下《四次游圆山公园》，见《觉悟》创刊号。引用诗句出自《雨中岚山》。

② 出自诗人柯岩的《周总理，你在哪里》。

假如你要认识我

假如你要认识我，不必去森林

不必去深山，不必去大海，请到

青年突击队里来，汗水浇开

友谊的花朵，理想培育幸福的果实；

他想象这样的爱情人人羡慕

不必犹豫，不必慌张

爱情是理解的时刻，体贴的钟点

他既不强求，也不改初衷

假如你要认识我，请听一听歌声

它没有故意隐瞒，流露深情

在低回处，在高亢间。

海的恋歌

他多想自己就是追波逐浪的海鸥
海一样的爱拓宽他的心胸
人们悄悄默默地相爱，今夜星光好
今夜月光好，潮水在两颗心之间忽低忽高；
在银色的沙滩上，星星落进脚印
在波峰与浪谷之间，水手们
早已捧出自己的心花；
比翼鸟在海蓝色的梦里飞翔，但愿
玫瑰的风帆饱满，归来的游子
只爱最初的悸动，欢迎日出，欢迎海鸥
把未来变成现在，让相爱值得等待。

童心如昨

在他未发表的一首歌中，他记得
自己跑过叶村的小路——
冬天抓住他的脚，让他拼命跑，使劲跺
直到太阳跳到高高的山上，像一颗棉桃；
"谁家的孩子，目光恍惚"，要是他
回到故乡，孩子们再也不能
围着他转，"望着陌生的来客"，再也不能
牵住他的衣角，问他要一颗大白兔奶糖。
"我的乡音未尽，我的童心如昨"
他要回到青山的青中，绿水的绿中；
像石头爬着苔藓，岩缝长出杜鹃，他要跑过
每条童年的小路，和每棵小树比身高。

故乡的小巷

故乡的小巷，处处听见歌声

并处处找到歌声的人们是幸福的

我必须为此感到骄傲——

在我年少时，我像小鸟一样飞来飞去

我们的一生只为自己钟爱的事业服务

在黑暗中闪现的光明是我眷恋

这个世界最好的方式——

在这架旧钢琴上，故乡的山峦起起伏伏

我的指尖代替了我的双脚，奔跑

跳跃，欢快的旋律如同水花

在我的记忆中飞溅——

我完善了我自己，当命运敲打我时

我回击它的只有心跳和琴键。

我没有带回我的心

在我出生的地方有一座南山

在我的童年扎根的地方也有一座南山

一座在重庆，一座在金华；

陌生的星星曾经在我的摇篮上照耀

它指引我在世上奔走，当我

远在他乡，它总会领我回到梦中的村庄。

我没有带回我的心，我把它种进

叶村的庭院，让它随着一棵

桂花树慢慢长大，让太阳

慢慢给予它一点光亮——

以后你要是坐在树下安静地靠着它

我的心会和树叶一起哗哗响。

奉 献

让灵感悄悄来找我吧，把我的时间
献给它，让它给我今宵的节奏
每一个夜晚都值得挽留——
你不知道怎样的奇迹需要音乐配合
从我的手上展现，难道还没有发觉
它小心翼翼的脚步多么像你；
但愿我们说好的事情永远不会改变
即使我错过了，请你别放弃
我的一生从不沉默，沉默是为了奉献。

给青年的一封信

作曲并没有特殊之处，它仍是
心有所感才有所得，我们无法逾越
写的过程而瞬间抵达一个高度；
旋律是音乐的灵魂，我深信
只要懂得持久的聆听，它就会成为
你的另一颗心，万物都在发声
甚至每一堵墙都在呼吸
只要你去领会，时间将变得珍贵。
这一切增补生命那不完整
的一部分，随着潜移默化的影响
来自世上各个地方的素材
加深我们应有的感悟；
不要为自己担心，确定这个音符
从你的耳朵里展开新的旅程
它是我们赞美这个世界的小小尝试。

奥克兰之行

奥克兰的街道多整齐，郊外多宁静

我们前往塔普瓦学院，接受毛利人的欢迎仪式

互相致辞，唱歌，碰鼻，热情的朋友

把一片树叶放在我面前，我恭敬地将它拿起；

他们载歌载舞，伸出舌头意味着真诚

当我站在笨拙的奇伟鸟身边

我们一样目不斜视，向着和平致以敬意

还有很多地方等着我一路观赏

但只有一个世界让我们互相抱着永远的期待。

骑车去听帕瓦罗蒂

在一九八六年的六月，帕瓦罗蒂来到
古老的中国，"那是我毕生
最美妙的经验之一，永远不会从脑海消失"
随同帕瓦罗蒂一道来的还有洗衣机、冰箱
两吨的蔬菜水果和 1500 瓶矿泉水；
他不能错过这个聆听的机会
没人给他发观摩票，他和晓光拿稿费
换来两张门票，骑着自行车飞奔
北京天桥剧场，《波西米亚人》 拉开帷幕；
作曲家普契尼是他隐藏的一个偶像
要攀登最高峰，"我应该比较而且应该
超过的不是别人，正是我自己"①。

---

① 　出自意大利男高音歌唱家鲁契亚诺·帕瓦罗蒂。

广州音乐会

一切已经箭在弦上，他把万利
小广告牌、万宝路香烟和打火机移到旁边
"我真为高尚的艺术家悲哀"
烟草公司成为他的音乐会赞助商
他却不能终止它，他尝到从未有过的苦涩；
自己终于变成一个音乐的堂吉诃德
金钱让这个世界充满无法战胜的庞然大物
直到他带着一颗受伤的心离开广州；
尽管人们热爱他，所有的欢呼并不能缓解
他对自己的惩罚，"我的艺术
养活不了我的艺术"，但不会永远如此
未来留给他的是"如歌的行板"。

好伙伴

他是所有人的好伙伴，词作家
以为他抓住"词的灵魂"，新歌手
经他指点，从此走上康庄大道；
他的学生关牧村和佟铁鑫
每当唱起他的歌，"音乐将所有的
一切定格为永恒"；歌唱家遇到他
就像一枚指针随着磁石颤动——
他为每个歌唱家奉上
声音的里程碑，这声音意味着
步入新时代的回音，同样
是他的回音，在群星闪耀的时刻。

伤　逝

在涓生的咏叹调中，他谱出一个唱段
沉重的往事涌上心怀，"如果
我能够，常常含着期待"，大门外
一切往来的履声，"她的脚步更近了"
走过紫藤架下，脸上带着微笑的酒窝。
回忆去年的暮春最为幸福
可以暂且敷衍的处所，是吉兆胡同
一所小屋里的两间南屋，"我们的家具很简单
用去我筹来的款子的大半，卖掉她
唯一的戒指和耳环"，在二重唱中
愿爱的星辰永远在心头照耀
人必生活着，爱才有所附丽。

屈　原

他不相信中国没有自己的《伊戈尔王》

《离骚》 和《雷电颂》 将是

两段大咏叹调，婵娟和薇奥列塔、巧巧桑①一样

在诀别时奉上自己的爱，"夜空中

银河低垂""我愿做月旁一颗星"；

他的灵魂已经跟屈原融为一体

一个梦要做三十个春天

甚至在他死后，又过去七个春天，人们

听到《橘颂》，"它在南国茁壮成长"；

离别的歌早已谱好，他不相信

真理的火，生命的火，在黑暗中永不再来

"请你永远记住我的歌""你是

我的生命，你就是我这熊熊燃烧的生命"。

---

①　薇奥列塔、巧巧桑分别为歌剧《茶花女》和《蝴蝶夫人》的女主
角。

最后的出访

他孕育在心中多年的一个梦

还没有成形，耳朵里全是音乐和歌唱

翻开他的记事本，在圣地瓦拉纳西

在纳德邦看婆罗多舞，这是他最后的出访

他不知道，他的歌剧《吉卜赛姑娘》

成为永远的影子；骁勇善战的帕坦人

仍在旋转的舞蹈中为胜利欢呼

英雄并不凋零，沸腾的血脉必有合适的人选；

一切都让他着迷，他为妻子挑中项链

唤作星光灿烂，他不觉累，可是

忽然掉落的宝石像一个开关

黑暗来得突然，他不知道，这就是终结。

拉合尔的孩子们

当他们在北回归线附近的卡拉奇降落

紫罗兰花环挂在他的脖子上

海滨饭店的夜晚，他感谢巴基斯坦热情的朋友

伊斯兰堡的乌桕树，让他想到那个栽种者

"永远是燃烧的火，永远是奔流的水"；

他在拉合尔的清真寺听到读书声

十几个孩子跟随长辈，眼中没有一丝杂质

他摸摸课桌上的书，摸摸孩子们的头

在同一张相片里他是个孩子王。

"呵，幸福的年代，谁会拒绝再体验一次

童年生活"①，他记得在叶村

那里的山河与伙伴，给过他同样的回忆。

---

① 出自英国著名诗人拜伦的《恰尔德·哈罗尔德游记》。

蓝色躺椅

为了安装一部电话，他卖掉摩托车

为了打盹，在北京西四家具店

他买了一张蓝色躺椅，他的女儿蕾蕾想起

这是他唯一的专座，他在那里小憩

拆看全国寄来的成打的信件

读书看报，即兴哼唱，顺手把旋律四处涂抹；

直到那天这张蓝色躺椅孤零零地等待着

蕾蕾还能看见椅子上的帆布凹印

尚未复原，他刚刚起身离开——

现在就是永恒的生命，他走进光晕中

听到所有人的哭声，却不能摇头叹息。

在弥留之际

婵娟的声音仍在耳畔，那是他
仅有的心跳，呼吸停滞，颅腔化为湖泊
他的妻子把一台小录音机打开
循环的歌声变作阵阵涟漪；
他没有睁开眼睛，晓光带来的两只柠檬
也没有诱惑他再看一看，在广州
经过北回归线的塔碑，面对晚霞
时光定格了，大家祈祷，奇迹在厄运中出现；
然而没有，在弥留之际，最后的夕阳
如同他的一个眼神，渐渐黯淡
他趋着有光的地方行走，那里琴声如诉。

琴上长眠

一个人走到尽头，在声音陡升

忽然下降之时，所有的血液淹没思想

它们让音符与音符失联，我伏在

心爱的钢琴上，女儿不知所措

母亲同样愕然，漫长的睡眠是永远的白昼；

失落，失落，我的手指无处弹奏

"结束意义难以估量的一幕"①，此时

没有完成的事业构成另外的惊奇

它值得惋惜，也松一口气

"当你和我通过了帷幕之后，这世界

还将存在很久很久"②，我的歌仍是希望的一种。

① 出自法国作家法郎士。
② 出自波斯诗人欧玛尔·海亚姆的《鲁拜集》。

为了憧憬

在遥远的未来，人们将会如何记住他

这个名副其实的乐观主义者

用音乐打动人，一个时代只要有过这样的人

它就不会沦为我们所畏惧的黑暗之地；

为了憧憬，他朝着四面八方采集

任何一种音乐之花，此时

我们毫不费力地聆听这些花朵的呼吸；

所有珍贵的光阴已经得到呵护

在你学会歌唱的时候

他始终与你同在，如同晚风吹醒树林。

留春曲

属于我的五十个春天我都留给你

让他们去羡慕一个音乐家

真正的馈赠，除了音符，还有无形的纽带

让这一切与你密不可分，属于我的

五十个春天都有同样的思念；

它只属于你，我不知道我即将远走

就像一扇窗突然不再打开——

我把天空收进雨伞，当你一个人在街头

在黑暗中无所适从，你记得撑开它

我把我的天空也同样留给你。

假日之歌

他的假日已经到来，当他扑倒在
这架呜咽的钢琴上，悲伤
从指尖划过，像一把锋利的刀片
让他的心血到此为止，时间
停在他无法动弹的一天
多么亲切的呼唤，却不能回应它；
他在半空看着这个辛劳的自己
渐渐冰凉，如同一杯水
被绝望喝干，他的假日已经到来
人们围绕着他哭泣，悔恨，叹息
曾经歌声能够治愈一切
今天却只剩下告别。

天长地久

每个人的渴望都会伴随一生
就像一个承诺，即使它从我口中溜走
你也不会忘记春天的雨水敲击
我们的屋顶，把心贴着祖国，幸福的种子
在泥土中前进，春风不吹花不开
我们年轻的瞳仁闪着火光；
像大海一样生活，像梦一样天长地久
世界始于一个奇迹，就是我们
在这里盟誓，孩子是一种变得可见的爱
我的光阴微不足道，只有等到你
我才明白我迎来了我的世纪。

源东来信

当这个不幸的消息像只灰鸽子停在
叶村的枝头时，我想告诉你
所有的悲伤在这座村庄都会得到理解
我们知道你失去了一颗温柔的心
再也难以听到它流露的爱——
但属于他的故乡也永远属于你，向你敞开
这扇安慰的大门，我们可以坐在一起；
在纪念他的房间谈谈昔日的歌曲
如何从他的指尖诞生，变成
一个又一个精灵，在源东的任何一座山上
他仍然出没，清澈而明媚的声音
就是我们怀念他给予的一个回应。

一个老人的回忆

我总记得这个孩子有着天使的声音

没有人不爱他谱写的歌，就像

没有人不爱春光与玫瑰，不爱祝福和美酒；

他喜爱树上的蝉鸣，溪涧的蛙声

跟着牧童一路吹笛，向往——

自己的双手能够抓住漂泊的云

井中的星星能够随着水桶一起上升。

我总记得他的问题层出不穷

跟风一样翻过一个山坡

又一个山坡，他有那么多想要知道的事情

却把答案留给音符，我也想问问他

回来的道路长不长，记不记得

叶村的童谣曾经围绕他？

施光南音乐广场

现在怀念他的歌剧在以他的名字

命名的音乐厅上演，人们在广场漫步

他的歌曲环绕左右，他的铜像

面带笑意，眼神温柔，"人只有为自己

同时代的人的完善，为他们的幸福而工作

他才能达到自身的完善"①，他是

这片土地孕育的最好的一个孩子

人们不会忘却，旋律更恒久——

他已经完善自己的一生，尽管

生命突然中断，音乐始终将他挽留。

·

---

① 出自德国思想家卡尔·马克思。

人民音乐家

夕阳会落下，但歌声不会落下

他在无数人的心目中

抽枝展叶，世上没有更高的殊荣

胜过"人民音乐家"，国家只给予

他一人这样的头衔，没有人像他

这样纯粹，这样热烈，感激那双大手

在钢琴和谱纸上辛勤耕种

声音的原野从此是我们无形的疆土。

"回忆和希望，是世间

最美的调味品"①，这两样他都拥有

他分外珍惜来之不易的幸福；

从最初的呢喃到最后的一声再见

生活多美丽，停一停，脚下却升起旋风。

---

① 出自德国诗人歌德。

众树歌唱

要是每一首歌都是一棵树，它们

站在任何一座城市，互为呼应，彼此歌唱

星星和树叶一样颤抖，风是弹奏它们的手

要是他在风中还没有散尽他的呼吸

他仍然手指飞快，一切建筑都是他的琴键；

从人民到万物，从尘埃到宇宙

互为呼应，彼此歌唱，要是每一首歌

都与我们的灵魂息息相关——

它不会消失，而是永远等待再次响起。

愿爱的星辰永远照耀

愿爱的星辰永远照耀，愿我的孩子
不必忧烦，生活给予我们泪水
是为了擦干它，我们仍然微笑面对。
我要为我的母亲轻轻地哼唱
就像她曾这样对我——
在战火烧到家乡时并不停下琴键
而是把祖国藏在稚嫩的歌声里面；
愿爱的星辰永远照耀
愿我的妻子不必担心我已经消失
当她听见那些属于我的歌
已经属于人民，她应该朝着天空眨眨眼
在更高的地方，我们也将重逢。

桃花源记

源东的桃花已经盛开，年少时的你
是否被桃花所淹没，就像春风
打开你的心扉，让梦滋润童年；
那个让白兔呼吸自由空气的你
和希望三毛不再流浪的你
在这片无拘无束的山野找到了门径
最好的音乐来自溪流和鸟鸣
以及花瓣像雨一样落下的声音。
你可曾想到你的父亲
带你回返的就是一个桃花源
在你俯伏钢琴前的无数个日夜以后
故乡已经在你身上如同乐谱
随时与你的呼唤相始终；
当你倒下，一个休止符跃向空中
人们不知道自己损失了什么
而你变得更小，更轻
从此逗留在这片希望的田野上
让所有的桃树都学会歌唱。

归 梦

河流缓缓地抬起沉重的眼皮
凝视你，凝视新世纪
所有的未来都值得壮大它
只要给予我们希望——
如同月光倾泻在你的故居中
沉默的山河是你掩上的琴盖；
我把裁诗当消遣，你可以
随意发高歌，此时
每一个梦都是一只飞鸟
朝着落日回返，路过丁阳岭
我们试着辨认回到家中
还要几盏茶的时间——
当灵魂失去故乡，雨水
就会滴在心上，直到
你的心也变成一条湍急的河流。

后　记

　　我是游荡在金华的一个异乡人，若是按照古人三十年一世的说法，我已经在金华度过一世的大部分时光。有时我觉得我是一个积极的虚无主义者，尽管我对自己的作品往往抱有一种难以置信的态度，在无数个日日夜夜之后，它们会变成"他者"的作品，仿佛并非出自我手。

　　此前，我写了120首献给地理学家王象之的诗，结集为《与王象之书》。如今，我写了80首献给人民音乐家施光南的诗，结集为《光南曲》，算是献给光南先生诞辰八十四周年的一份礼物，此前在出版事宜上一再延误，其中曲折，虽然有时令人气馁，到头来却也让我更加坚韧。在创作的最高意义上，我始终是一个"把名字写在水面"的诗人。

　　创作《光南曲》的初衷无他，我只想展现我的天赋并非毫无用处，它让我能够安于自己的"小小天地"，并且一路拓展更大的精神空间，尽管我会时不时地丧失勇气，我也只是在等我的世纪而已。

　　在《光南曲》中，始终存在互相交错的声音，一个是作为创作者的我的声音，一个是我想象中的光南先生的声音，当然也有光南先生父母的声音以及源东的声音，尤其是《愿爱的星辰永远照耀》一首中，我试图重现光南先生对这个世界的祝福，这种祝福通过他的歌曲早已深入人心，就像我们面对满天星斗，那些不再存在的星辰同样与我们的血脉息息相通。在《世间的光》 中，"世上还有那么多事情要做，我想要跟未来的自己先借三千个日夜，用来照亮此时此刻，我要努力成为一个革命者，我要燃烧，成为世间的光"，光南先生已经成为"世间的光"，至少照亮了我生命中的某个时刻，有时我觉得我"跟未来的自己先借三千个日夜"，从而使自己获得了不断前进的力量。

我要感谢张根芳老师，他整理了光南先生的纪念文集以及日记等文献给予我很大的帮助，如同狄金森所说，"春天存在着一种光，并不显现于一年之中的任何时候"。

我更要感谢金东，光南先生歌唱的山河，一如他所思念的故乡，在细微的光辉中，在和煦的晚风中，依然美好。尽管他已经离开这个世界这么久，但他谱写的歌谣在宇宙深处或许也为别的生命所聆听。这是一个无尽的安慰，他不会很快消失，他会比他想象的在更远的未来继续存在，就像我们世世代代在这田野上生活，我们的理想在希望的田野上生根发芽，而音乐将所有的一切定格为永恒。同样，我也渴望开创诗歌"新的局面"，并为之创造第二个春天。

许梦熊

2023 年 4 月 20 日

图书在版编目（CIP）数据

光南曲 / 许梦熊著. -- 武汉 ： 长江文艺出版社，
2024. 10. -- ISBN 978-7-5702-3719-7

Ⅰ．I227

中国国家版本馆 CIP 数据核字第 2024G9N004 号

光南曲
GUANG NAN QU

责任编辑：胡　璇	责任校对：毛季慧
封面设计：源画设计	责任印制：邱　莉　王光兴

出版：长江出版传媒　长江文艺出版社
地址：武汉市雄楚大街 268 号　　　邮编：430070
发行：长江文艺出版社
http://www.cjlap.com
印刷：湖北恒泰印务有限公司

开本：880 毫米×1230 毫米　　1/32　　　印张：3.375
版次：2024 年 10 月第 1 版　　　2024 年 10 月第 1 次印刷

定价：48.00 元

版权所有，盗版必究（举报电话：027—87679308　　87679310）
（图书出现印装问题，本社负责调换）